キッズ生活探検
おはなしシリーズ

めざしてみよう 計画の名人

斉藤洋とキッズ生活探検団
森田みちよ 絵

玉川大学出版部

キッズ生活探検《せいかつたんけん》
おはなしシリーズ

めざしてみよう 計画《けいかく》の名人《めいじん》

目次《もくじ》

お誕生《たんじょう》日《び》まであと三日《みっか》

斉藤洋《さいとうひろし》 作《さく》
森田《もりた》みちよ 絵《え》

お誕生日《たんじょうび》まであと三日《みっか》

お話《はなし》のまえに

マングースという動物《どうぶつ》を知《し》っていますか？　イヌくらいの大《おお》きさで、しっぽが長《なが》く、ヘビとけんかをするといわれています。

マングースはものをなげるのがとくいです。両手《りょうて》でものをもち、おもいきりおじぎをします。そして、そのいきおいで、両足《りょうあし》のあいだから、うしろにほうりなげるのです。そうやって、たまごを大《おお》きな石《いし》にぶつけて、わったりします。

このお話《はなし》は、そういうマングースの少年《しょうねん》のお話《はなし》です。少年《しょうねん》の名《な》まえはバムです……。

1　バム、キングコブラの話《はなし》をきく

広《ひろ》い川《かわ》のほとりに、一本《いっぽん》の古《ふる》い木《き》があります。耳《みみ》をすますと、その木《き》のかげから、ふたりのマングースの声《こえ》が聞《き》こえてきます。ひとりはバム。もうひとりはバムの年上《としうえ》の友《とも》だちのウズのようです。

まず、ウズの声《こえ》です。

「そこで、その旅《たび》のマングースが地面《じめん》のくぼんだところで見《み》たものは……。」

ゴクリとつばをのみこむ音《おと》がして、そのあとに聞《き》こえたのはバムの声《こえ》。

「な、なにを見《み》たんだ?」

どうやら、ウズがバムに、どこかのマングースの話《はなし》をしているみたいです。

「なにを見《み》たって？　もちろん、キングコブラのたまごだ！」

「キ、キングコブラのたまごだって？」

そういって、バムが一歩《いっぽ》あとずさりすると、ウズは大《おお》きくうなずきました。

「そうだ。キングコブラのたまごだ。バム。おまえ、見《み》たことあるか？」

バムはおもいきり、首《くび》をふりました。

「ないよ！　キングコブラだって見《み》たことないのに、キングコブラのたまごなんて、もっと見《み》たことない！」

「そうだよな。ぼくだって、見《み》たことない。」

「それで、そのマングースはどうしたんだ？」

「どうしたって、あたりまえだろう。そのマングースはとってもおなかがすいていたんだ。それで、そっと、キングコブラのたまごに近《ちか》よると……。」

ウズが立《た》ちあがって、そこまでいったとき……。

「わっ！」

大《おお》きな声《こえ》をあげて、だれかが木《き》のうしろからとびだしてきました。

びっくりしたのはバムだけではありません。話《はなし》をしていたウズもおどろいて、のけぞり、そのまままうしろにひっくりかえりました。

木《き》のうしろからあらわれたのは、なんと、マングースなんて、ひと口《くち》でのみこんでしまうくらい大《おお》きなキングコブラ……なんかではなく、ウズのガールフレンドのパラでした。

パラは両手《りょうて》を腰《こし》にあて、たおれているウズを見《み》おろして、いいました。

「ウズ！　あなた、デートのやくそくをすっぽかして、こんなところで、なにしてるのよ？」

ウズは立《た》ちあがって、こたえました。

「なにって？　バムに昔話《むかしばなし》をきかせていたんだ。昔話《むかしばなし》をきかせるのは、年上《としうえ》の者《もの》のつとめだからな。」

「年上《としうえ》ったって、ふたつしかちがわないじゃないの。昔話《むかしばなし》をきかせるのは、長老《ちょうろう》たちにまかせておけばいいのよ。」

「だけど、ぼくだって、いつかは長老《ちょうろう》になるんだから、今《いま》から昔話《むかしばなし》の練習《れんしゅう》をしておかないと……。」

「昔話《むかしばなし》の練習《れんしゅう》ですって？　ウズ！　誕生日《たんじょうび》がきたとき、じぶんがいくつになったのか、よく考《かんが》えないとわからないくらいにならないと、長老《ちょうろう》にはなれないのよ！　そんなときのための練習《れんしゅう》をするより、今《いま》は、もっとほかのことをするときじゃないの！」

「もっとほかのことって……？」

「もちろん、わたしとのデート！」

パラはそういいはなってから、バムにいいました。

「バム。あなただって、こんなところで、半分《はんぶん》どころか、ほとんどうそっぱちのつくり話《ばなし》をきいて、こわがっているばあいじゃないでしょ。あなたのひいおじいさん、一年《いちねん》でいちばん昼《ひる》が長《なが》い日《ひ》に生《う》まれたんじゃなかった？　このあいだ、うちのおじいちゃんがあなたのひいおじいさんにあったとき、

『こんどのお誕生日《たんじょうび》で、おいくつになりますか？』

ってきいたら、

『いくつじゃったかのう……。』

ってこたえたそうよ。ということは、あなたのひいおじいさん、誕生日《たんじょうび》がきたら、長老会《ちょうろうかい》のメンバーになるんじゃない？　これって、とってもおめでたいことなのよ。あなた、もうプレゼントを用意《ようい》したの？」

パラがいったとおり、マングースは、じぶんの年《とし》がいくつになったのか、よ

く考《かんが》えないとわからなくなるくらいになると、長老《ちょうろう》になります。長老《ちょうろう》になるのはとても名誉《めいよ》なことです。

昼《ひる》がいちばん長《なが》い日《ひ》は三日後《みっかご》にせまっています。

ひいおじいちゃんがこんどの誕生日《たんじょうび》で長老《ちょうろう》になるらしいことは、バムもなんとなくわかっていました。それで、バムも、なにかとくべつなプレゼントをしたいとは思《おも》っていたのです。でも、なにをプレゼントしていいのか、わかりませんでした。

だから、パラがいうとおり、旅《たび》のマングースがキングコブラとけんかをする物語《ものがたり》なんかをきいているばあいではないのです。

ウズとパラがどこかへいってしまい、ひとりっきりになったバムは、

「どうしようかなあ……。」

とつぶやいたのでした。

2　バム、あれこれ考《かんが》える

よく晴《は》れた空《そら》を見《み》あげながら、バムは考《かんが》えました。日《ひ》ごろ、ひいおじいちゃんがほしがっていたものはなにか、思《おも》いだそうとしたのです。

バムのひいおじいちゃんの好物《こうぶつ》はたまごです。

そういえば、まえに、ひいおじいちゃんがこんなことをいっていました。

「わしは、いろいろなたまごを食《た》べたことがあるが、キングコブラのたまごだけは食《た》べたことがない。」

そのことばを思《おも》いだしたバムは、

「あーあ……。」

とためいきをついてから、ひとりごとをいいました。

「だけど、キングコブラなんて、どこにいるか、わからないし、もし、住《す》んでいるところがわかっても、ものすごく大《おお》きい毒《どく》ヘビの巣《す》から、たまごをぬすんでくるなんて、だれにもできないよなあ。さっきのウズの話《はなし》、あのあと、どうなるのかなあ……。」

けれども、今《いま》は旅《たび》のマングースの話《はなし》のつづきを想像《そうぞう》しているときではありません。ひいおじいちゃんの誕生日《たんじょうび》は三日後《みっかご》にせまっているのです。

バムは頭《あたま》をふって、ひいおじいちゃんのことを考《かんが》えました。

ほかに、ひいおじいちゃんがすきなものは……。ううん、わからないなあ。

ひいおじいちゃんのとくいなことなら、わかるけど……。

バムのひいおじいちゃんは石《いし》なげがとくいで、わかかったころは、だれよりも遠《とお》くに石《いし》をなげることができたそうです。そのひいおじいちゃんにならったためか、バムもけっこう遠《とお》くまで石《いし》をとばすことができます。石《いし》なげなら、年《とし》上《うえ》のウズにも負《ま》けません。

そのとき、バムの頭《あたま》に、名案《めいあん》がひらめきました。

そうだ！　石《いし》なげ大会《たいかい》をひらこう。石《いし》なげ大会《たいかい》をひらいて、それをひいおじいちゃんに見《み》てもらうんだ！

こうして、ひいおじいちゃんへの誕生日《たんじょうび》のプレゼントはきまりました。プレゼントが石《いし》なげ大会《たいかい》にきまれば、あとは、どんな石《いし》なげ大会《たいかい》を、どうやってひらくかです。

石《いし》なげ大会《たいかい》がおわってから、あれはああすればよかった、これはこうすればよかった、それはそうすればよかったなんて、ぐずぐず思《おも》っても、もうおそいのです。そんなふうに後悔《こうかい》しないためには、いろいろ計画《けいかく》を立《た》てねばなりません。

あれをああやって……。

これをこうやり……。

それはそういうふうに……。

バムはあれこれ考《かんが》えて、まず、計画《けいかく》の手《て》はじめに、あるマングースのところにいくことにしました。

3　バム、長老長《ちょうろうちょう》をたずねる

バムの村《むら》には、長老《ちょうろう》のマングースが六《ろっ》ぴきいます。もし、バムのひいおじいちゃんが長老《ちょうろう》になれば、七番目《ななばんめ》ということになります。長老《ちょうろう》になると、長老会《ろうかい》のメンバーになるわけですが、長老会《ちょうろうかい》のメンバーの中《なか》で、いちばん古《ふる》い長老《ちょうろう》が長老長《ちょうろうちょう》です。

バムは村《むら》にかえりました。

村《むら》といっても、マングースの村《むら》ですから、あちこちにマングースの巣穴《すあな》があるだけです。それでも、よく見《み》ると、村《むら》のまんなかに広場《ひろば》があるのがわかります。その広場《ひろば》のそばに、長老長《ちょうろうちょう》の巣穴《すあな》があります。

バムは、長老長《ちょうろうちょう》の巣穴《すあな》の中《なか》をのぞいて、声《こえ》をかけました。

「長老長《ちょうろうちょう》さん！　バムです。ちょっとお話《はなし》があるんですけど。」

すると、巣穴《すあな》の中《なか》からあくびの音《おと》が聞《き》こえ、

「なんじゃね？」

といいながら、長老長《ちょうろうちょう》が顔《かお》を出《だ》しました。

バムはいいました。

「ひいおじいちゃんのことで、おたずねしたいことがあるんです。」

「ひいおじいちゃんだと？」

といって、長老長《ちょうろうちょう》はすっかり巣穴《すあな》から出《で》てきて、すっくと立《た》ちあがりました。

そして、

「わしの知《し》っておることなら、なんでも教《おし》えてやるが、そのまえに、ちょっときくが、ひいおじいちゃんというのは、おまえのひいおじいさんのことか？」

といいました。

「そうです。」

バムがうなずくと、長老長《ちょうろうちょう》はいいました。

「話《はなし》をしているのが身内《みうち》どうしのときならいいが、そうでないときに、じぶんの身内《みうち》に、〈ちゃん〉をつけてどうする。こういうばあいは、曽祖父《そうそふ》といいなさい。それが正《ただ》しい言葉《ことば》づかいというもんじゃからな。」

「そうそふって、いえばいいですか?」

「そうそう。」

「えっ? そうそふじゃなくて、そうそう?」

「いや、そうそうといったのは、『そう』を二回《にかい》、くりかえしただけじゃ。ひいおじいちゃんはそうそうじゃなく、曽祖父《そうそふ》じゃ。」

「わかりました。」

といってから、バムはいいなおしました。

「曽祖父《そうそふ》のことで、おたずねしたいことがあるんですが……。」

「なんじゃね。」

「曽祖父《そうそふ》は三日後《みっかご》に、誕生日《たんじょうび》なんですけど、もしかすると、そろそろ長老《ちょうろう》になるのかなって、そう思《おも》ったので、ききにきたんです。もし、長老《ちょうろう》になるんなら、とくべつな誕生日《たんじょうび》になるので、とくべつなプレゼントを用意《ようい》したいんです。」

「なるほど……。」

長老長《ちょうろうちょう》は小《ちい》さくうなずいてから、いいはなちました。

「ほぼ確実《かくじつ》に、長老《ちょうろう》になる！」

それから、長老長《ちょうろうちょう》はいくらか声《こえ》をおとして、いいました。

「というのもじゃな。おとといい、おまえのひいおじいちゃんにあったとき、それとなく年《とし》をきいてみたんじゃ。そうしたら、しばらく考《かんが》えてから、『わすれちゃいましたなあ。』とこたえておった。あいつの誕生日《たんじょうび》は、たしか、一年《いちねん》でいちばん昼《ひる》が長《なが》い日《ひ》じゃから、三日後《みっかご》じゃ。三日後《みっかご》の朝《あさ》、わしがほかの長老《ちょうろう》たちをつれて、あいつの巣穴《すあな》にいき、あいつに年《とし》をたずねる。そのとき、すぐにこたえられなければ、その場《ば》で、あいつは長老《ちょうろう》になり、長老会《ちょうろうかい》のメンバーになるわけじゃ。」

「わかりました。どうもありがとうございます！」

バムがそういうと、長老長《ちょうろうちょう》は、

「ところで、プレゼントって、なんじゃね？」

ときいてきました。

「石《いし》なげ大会《たいかい》をひらいて、それをひいおじい……じゃなかった、曽祖父《そうそふ》に見《み》てもらおうと思《おも》うんです。」

バムのへんじに、長老長《ちょうろうちょう》は満足《まんぞく》そうにうなずき、
「おお、それはよい！　それなら……。」
といって、村《むら》で石《いし》なげのとくいなマングースの名《な》を十《じっ》ぴき教《おし》えてくれました。
そのうち七《なな》ひきについては、石《いし》なげがとくいなことはバムも知《し》っていました。
でも、あとの三《さん》びきについては、知《し》りませんでした。それで、バムは、石《いし》なげ
大会参加《たいかいさんか》をたのみにいく村《むら》のマングースの数《かず》を七《なな》から十《じゅう》にふやしました。
ともあれ、ひいおじいちゃんが長老《ちょうろう》になるのは、ほぼ確実《かくじつ》なようです。
これで、バムの計画《けいかく》はつぎの段階《だんかい》に入《はい》ることになるわけです。

4　バム、十《じっ》ぴきのマングースのところへいく

バムも知《し》っていたし、長老《ちょうろう》からも教《おし》えてもらったマングースの中《なか》に、ウズのおとうさんがいます。

バムはウズの巣《す》穴《あな》にいって、声《こえ》をかけました。

「こんにちは。バムですけど……。」

すると、ウズのおかあさんが出《で》てきて、

「あら、バムちゃん。ウズだったら、さっき出《で》かけていったよ。バムちゃんといっしょじゃなかったの。」

といいました。

そこで、バムは、

「はい。さっきまでは、いっしょだったんですけど、今《いま》はきっと、ガールフレンドのパラとデート中《ちゅう》です。」

とはいわず、ただ、

「ウズのおとうさんは？」

とたずねました。

「いるよ……。」

ウズのおかあさんがこたえたところで、巣穴《すあな》からウズのおとうさんが出《で》てきました。

「おお。バムじゃないか。なにか、わたしに用《よう》かい。」

「はい。じつは、三日後《みっかご》、ぼくのひいおじい……じゃなくて、曽祖父《そうそふ》の誕生《たんじょう》日《び》なんです。それで、プレゼントに、石《いし》なげ大会《たいかい》をひらこうと思《おも》うんですけど、

おじさん、出《で》てもらえますか。」

バムがそういうと、ウズのおとうさんは、

「なに？　石《いし》なげ大会《たいかい》だって？　それなら、出《で》るなっていわれても、ぜひ、出《だ》させてもらうよ。」

といって、胸《むね》をはりました。

それからバムは、のこりの九《きゅう》ひきの、石《いし》なげがとくいなマングースのうちをたずねました。そして、

「三日後《みっかご》、曽祖父《そうそふ》が誕生日《たんじょうび》で、たぶん今年《ことし》、長老《ちょうろう》になると思《おも》うんです。それで、おいわいに石《いし》なげ大会《たいかい》をひらきたいんですけど、参加《さんか》してもらえませんか。」

といいました。すると、九《きゅう》ひきとも、参加《さんか》してくれることになったのですが、そのうちのひとりがこういったのです。

「もちろん、ぜひ出場《しゅつじょう》させてもらうが、じつは、となりの村《むら》に、古《ふる》くからの友《とも》だちがいて、そいつがまた、石《いし》なげがだいすきで、けっこう遠《とお》くまでとばすんだ。そいつもゲストとして、参加《さんか》させてくれないか。」

「もちろんです。そういうことなら、こちらから、おねがいしたいくらいです。」

バムがそうこたえると、そのマングースは、巣穴《すあな》にむかって、

「おい。ちょっと、となりの村《むら》にいってくる。夕《ゆう》がたまでにはかえってくる。」

というなり、走《はし》っていってしまったのです。

そのうしろすがたを見《み》おくっていると、巣穴《すあな》からおくさんが出《で》てきて、こういいました。

「中《なか》できいていたけど、バムちゃん、ひいおじいちゃんの誕生日《たんじょうび》と新《あたら》しく長老《ちょうろう》になるプレゼントに、石《いし》なげ大会《たいかい》をひらくなんて、すてきじゃない。それで、

何《なん》びき、マングースが出《で》るの？」

「十《じっ》ぴきを予定《よてい》しています。」

　バムが答《こた》えると、おくさんはいいました。

「それなら、あと十《じっ》ぴきくらいはふえると思《おも》ったほうがいいよ。今《いま》、うちのだんながいったさきは、となりの村《むら》の友《とも》だちのところだけど、『類《るい》は友《とも》をよぶ』っていうことわざがあって、石《いし》なげがすきなマングースは、石《いし》なげのことになると、声《こえ》をかけあうものなのよ。だから、三日後《みっかご》には、あちこちの村《むら》から、石《いし》なげずきのマングースがやってくるわよ。」

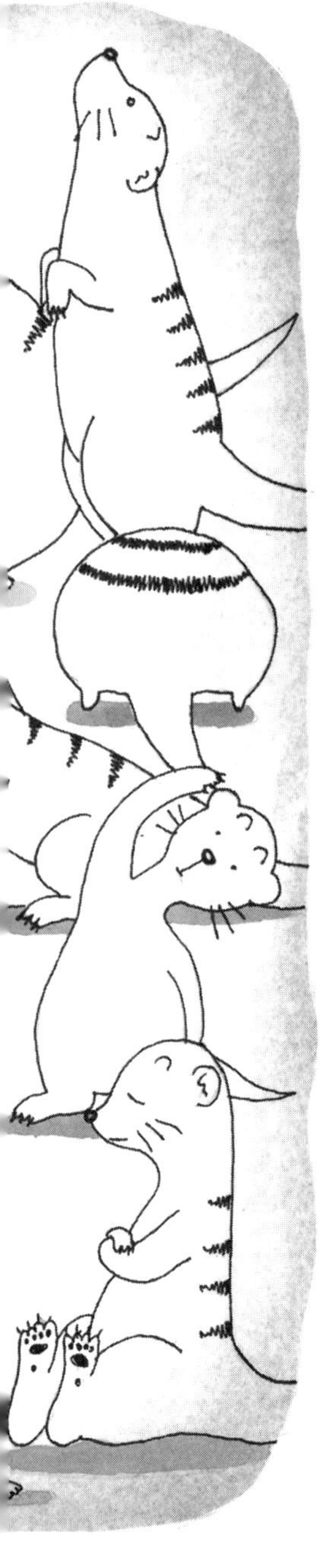

「そうですか。わかりました。教《おし》えてくれて、どうもありがとうございます。」

バムはそうこたえました。そして、石《いし》なげの順番《じゅんばん》を待《ま》つ場所《ばしょ》を倍《ばい》の広《ひろ》さにしなければいけないと思《おも》いました。

これで、石《いし》なげ大会《たいかい》のだいたいの出場者《しゅつじょうしゃ》がわかりましたが、村中《むらじゅう》、あちこち歩《ある》いているうちに、夕《ゆう》がたになり、それでその日《ひ》はおしまいにして、バムはうちにかえりました。

5　バム、石《いし》をさがす

つぎの朝《あさ》、バムはうちを出《で》ると、まっすぐに、ウズのガールフレンドのパラのところへいき、パラにたのみました。

「ねえ、パラ。パラはよく、きれいな首《くび》かざりをしているじゃない？　あれって、じぶんでつくるの？」

「もちろんよ。森《もり》にいって、つる草《くさ》を集《あつ》めて、それをお花《はな》にとおすの。だけど、どうして、そんなことをきくの？　あなたも首《くび》かざりがほしいなら、つくってあげようか？」

パラにそういわれ、バムは、

「ぼくがほしいわけじゃないんだけど……。」

といってから、まず、ひいおじいちゃんの誕生日《たんじょうび》と長老《ちょうろう》になるおいわいに、石《いし》なげ大会《たいかい》をひらこうとしていることをいい、そのあとで、こういったのです。

「それで、大会《たいかい》に優勝《ゆうしょう》したマングースに、賞品《しょうひん》として、首《くび》かざりをあげたらいいんじゃないかって、そう思《おも》ったんだよ。」

するとパラは、

「それなら、花《はな》より、石《いし》のほうがいいかもね。花《はな》だと、すぐにかれちゃうけど、石《いし》ならかれないから、ずっととっておけるわ。」

といって、いったん巣穴《すあな》にもどり、もう一度出《いちどで》てきました。見《み》れば、首《くび》からさげたつる草《くさ》のさきに、小《ちい》さな石《いし》がぶらさがっています。

パラはいいました。

「この石《いし》、川原《かわら》でひろったのよ。どうして、石《いし》にこういうあながあくのか、わからないけれど、さがすと、ときどき見《み》つかるの。こういう石《いし》をさがしてらっしゃいよ。そうしたら、わたしが首《くび》かざりにしてあげる。」

たしかに、石《いし》なげ大会《たいかい》の賞品《しょうひん》の首《くび》かざりとしては、花《はな》より石《いし》のほうがいいように思《おも》えます。

「じゃあ、そうしよう。これから、川原《かわら》にいって、あなのあいた石《いし》をさがしてみるよ。」

バムはそういって、川原《かわら》に走《はし》っていきました。

じつをいうと、その日《ひ》、バムは石《いし》なげ大会《たいかい》でなげる石《いし》をさがそうと思《おも》っていたところなので、はじめから川原《かわら》にいく予定《よてい》だったのです。

ところが、石《いし》なげ用《よう》の石《いし》としては、なげやすい大《おお》きさと形《かたち》のものがけっこう見《み》つかったのですが、あなのあいた石《いし》というのはなかなかありません。一日《いちにち》中《じゅう》、川原《かわら》をとびまわってさがし、ようやく見《み》つかったのは四《よっ》つでした。

バムは賞品《しょうひん》が六《むっ》つ必要《ひつよう》だと思《おも》っていました。というのは、石《いし》なげ大会《たいかい》の競《きょう》技種目《ぎしゅもく》として、遠《とお》くまでなげる種目《しゅもく》と、そんなに遠《とお》くではないところにまとをおいて、五回《ごかい》なげて何回《なんかい》あたるかという種目《しゅもく》を考《かんが》えていたからです。それぞれ、一位《いちい》から三位《さんい》まで賞品《しょうひん》を出《だ》すとすると、ぜんぶで六《むっ》つ賞品《しょうひん》がいることになります。

ひいおじいちゃんの誕生日《たんじょうび》は二日後《ふつかご》にせまっています。つまり、あさってはもう、ひいおじいちゃんの誕生日《たんじょうび》なのです。

でも、だいじょうぶ!

午前中《ごぜんちゅう》に賞品《しょうひん》の用意《ようい》をしたあと、午後《ごご》は石《いし》なげ大会《たいかい》の会場《かいじょう》の準備《じゅんび》をするというのが、バムの予定《よてい》でした。あしたは予備《よび》の日《ひ》としてとっておいたのです。だから、あとふたつ、あなあき石《いし》を見《み》つけるのは、あしたの午前《ごぜん》にして、きょうできなかった会場《かいじょう》の準備《じゅんび》は、あしたの午後《ごご》にすればいいわけです。

けれども、あした、あなあき石《いし》がふたつ見《み》つからなかったら？

それについても、バムは考《かんが》えがありました。そのときはしかたがありません。ふたつの種目《しゅもく》の賞品《しょうひん》を一位《いちい》と二位《にい》だけにすればいいのです。つまり、優勝《ゆうしょう》と準優勝《じゅんゆうしょう》にだけ、賞品《しょうひん》を出《だ》すわけです。そうすれば、賞品《しょうひん》は四《よっ》つですみます。

夕《ゆう》がた、バムは四《よっ》つのあなあき石《いし》をパラのところにとどけました。そして、

「あした、あとふたつさがしてくるから、ぜんぶで六《むっ》つのあなあき石《いし》につる草《くさ》をとおして、首《くび》かざりみたいにしてほしいんだけど。」

というと、パラは気《き》もちよく引《ひ》きうけてくれました。

日《ひ》がくれないうちに、バムは川原《かわら》にもどり、石《いし》なげ用《よう》として集《あつ》めておいた小《こ》石《いし》を広場《ひろば》に、はこんでおきました。

6 バム、パラにお礼《れい》をする

ひさしぶりに夜《よる》、雨《あめ》がふりました。そのせいか、朝《あさ》、川原《かわら》にいってみると、水《みず》ぎわで、あなのあいた石《いし》を三《みっ》つも見《み》つけることができました。きっと、上《じょう》流《りゅう》からながれてきたのでしょう。

バムはすぐにそれをパラのところにとどけて、いいました。

「賞品《しょうひん》に必要《ひつよう》なのは六《むっ》つだから、ひとつ、お礼《れい》にパラにあげる。七《なな》つのうち、いちばん気《き》にいったやつをえらんでよ。」

すると、パラはぱっと顔《かお》をほころばせました。

「ほんと？　じつはね、きのうの四《よっ》つのうちで、ひとつ、赤《あか》いのがあったでしょ。あれ、ほしいなって思《おも》ってたの。もらっちゃおうかな。」

そういうわけで、ひとつよけいにひろえたおかげで、バムはパラへのお礼《れい》もできることになったわけです。

午後《ごご》、バムが広場《ひろば》にいくと、長老長《ちょうろうちょう》がバムを待《ま》っていました。そして、バムの顔《かお》を見《み》ると、

「もうくるころだと思《おも》っておったよ、バム。きょう中《じゅう》に、石《いし》なげ大会《たいかい》の会場《かいじょう》を準備《じゅんび》しておかないと、まにあわないからな。」

と声《こえ》をかけてきました。

「どうして、ここでやるとわかったんですか？」

バムがたずねると、長老長《ちょうろうちょう》はわらってこたえました。

「石《いし》をなげてもだいじょうぶな広《ひろ》い場所《ばしょ》といったら、ここと、あとは川原《かわら》くらいのものじゃ。じゃが、川原《かわら》じゃ、石《いし》ばかりで、なげた石《いし》がどこにいったのか、

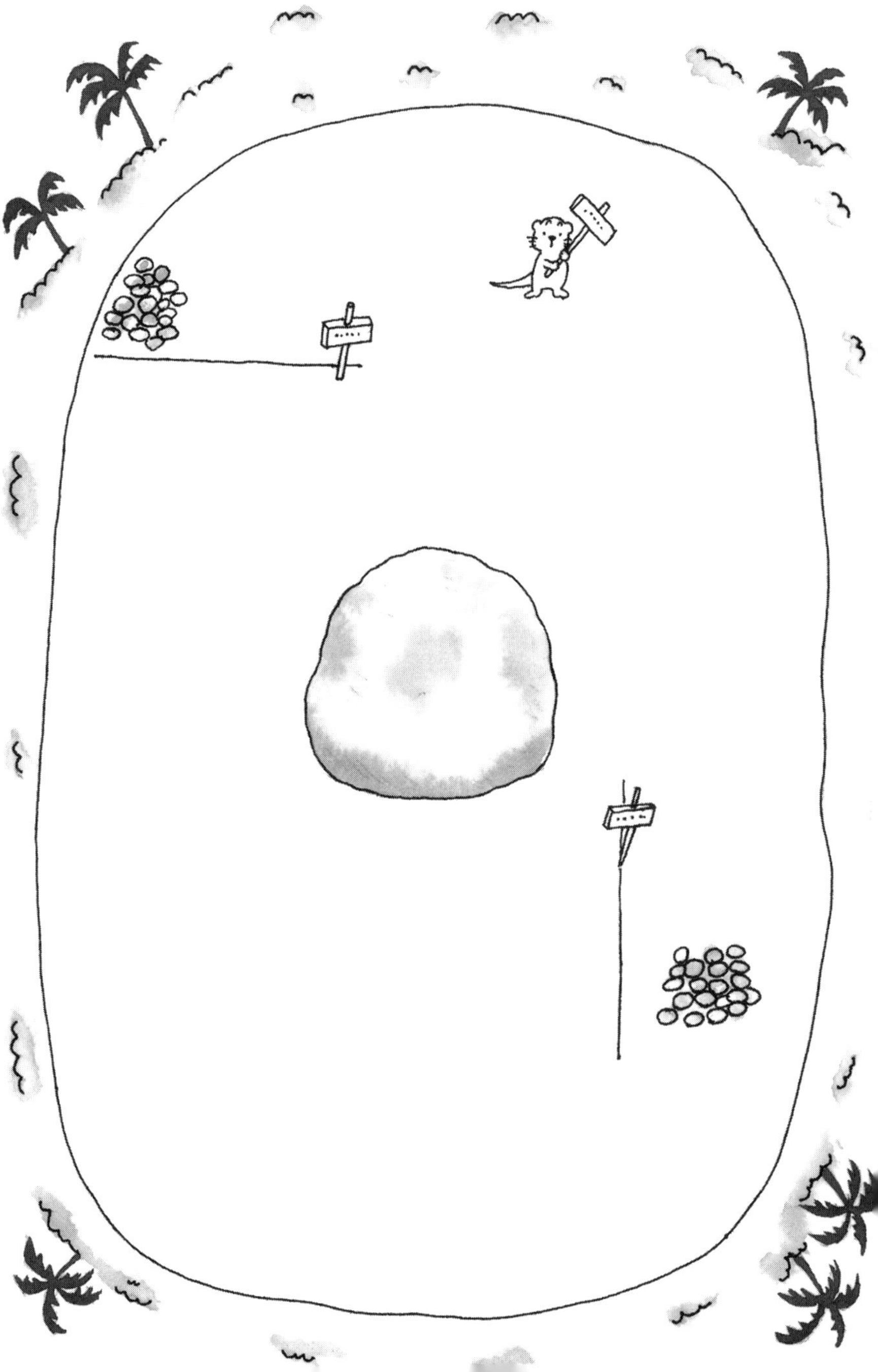

わからなくなる。そうなると、場所《ばしょ》はここしかない。」

それから、長老長《ちょうろうちょう》はいいました。

「ところで、バム。おまえは、石《いし》なげ大会《たいかい》の種目《しゅもく》として、どんなものを考《かんが》えておるのじゃ。」

「はい。どれだけ遠《とお》くまでとばすことができるかという種目《しゅもく》と、あと、もうひとつ、まとにあてる種目《しゅもく》です。」

「なるほど。まとにあてるのは、なにか、まとを用意《ようい》すればいいが、遠《とお》くまでとばす種目《しゅもく》は、とんだきょりをどうやってしらべるのじゃ。ぜんぶ、おなじ方《ほう》向《こう》にとべば、石《いし》がおちた場所《ばしょ》を見《み》て、どれがいちばん遠《とお》くまでとんだかわかるが、とぶ方向《ほうこう》がおなじとはかぎらんぞ。方向《ほうこう》がずれると、どっちが遠《とお》いか、わかりにくい。」

なるほど、今気《いまき》がつきましたが、長老長《ちょうろうちょう》のいうとおりです。

石《いし》がとんだきょりをちゃんとくらべるためには、どうしたらいいんだろう？

どうしようかとバムが考《かんが》えていると、長老長《ちょうろうちょう》がいいました。

「こういうときのために、わしら長老《ちょうろう》たちがいるのじゃ！」

その言葉《ことば》で、バムは気《き》がつきました。

「あっ、そうか！　なげたところから、石《いし》がおちたところまで、六《ろっ》ぴきの長《ちょう》老《ろう》たちが手《て》をつないでならべば、石《いし》がとんだきょりがわかるっていうわけですね。そりゃあ、いい考《かんが》えだなあ！」

バムがおもわずそういうと、長老長《ちょうろうちょう》は顔《かお》をしかめて、

「あのなあ、バム……。」

といってから、ためいきをひとつつきました。そして、こういいました。

「それだって、まあ、石《いし》のとんだきょりがはかれないでもないがな。わしらが手《て》をつないでならばなくとも、おおぜいいるわかいマングースがならべばすむ

ことじゃないか。じゃが、そんなんじゃなくて、あれじゃ。」

そういって、長老長《ちょうろうちょう》は広場《ひろば》のすみを指《ゆび》さしました。

見《み》れば、それはつる草《くさ》をくるくるまいて、輪《わ》にしたものです。

「ひとりがあのつる草《くさ》のはじをもって、石《いし》をなげた場所《ばしょ》に立《た》ち、もうひとりがつる草《くさ》の輪《わ》をもって、おちた石《いし》のところまでいけば、つる草《くさ》の長《なが》さで、石《いし》のとんだきょりがわかるというものじゃ。こういうときのために長老《ちょうろう》がいるといったのは、手《て》をつなぐためじゃなく、知恵《ちえ》を出《だ》すためじゃよ。」

長老長《ちょうろうちょう》はそういったのでした。

そのあと、バムは長老長《ちょうろうちょう》にてつだってもらい、石《いし》なげ大会《たいかい》の準備《じゅんび》をしました。

準備《じゅんび》といっても、石《いし》をなげる場所《ばしょ》や、まとをきめたり、出場者《しゅつじょうしゃ》の順番待《じゅんばんま》ちの場所《ばしょ》や、見物席《けんぶつせき》をきめたりするだけです。場所《ばしょ》がきまったら、あとはぼうで

地面《じめん》に線《せん》を引《ひ》いて、それでおしまいです。広場《ひろば》のまんなかあたりに、まるくて、遠《とお》くからでもめだつ石《いし》があるので、まとはそれにしました。そして、そこからバムが石《いし》をなげて、ようやくとどくくらいのところに、まとあて種目《しゅもく》の石《いし》なげ場所《ばしょ》をきめました。子《こ》どもがなげて、ようやくとどくくらいなら、おとながなげれば、じゅうぶんにとどくからです。遠《とお》くまで石《いし》をとばす種目《しゅもく》の石《いし》なげ場所《ばしょ》は、もちろん、広場《ひろば》のはじです。

石《いし》なげ用《よう》に集《あつ》めた石《いし》は、二十《にじっ》こくらいずつ、それぞれふたつの石《いし》なげ場《ば》におき、どれでも自由《じゆう》に使《つか》えるようにしました。

こうして、石《いし》なげ大会《たいかい》の準備《じゅんび》はすっかりととのい、あとはあしたを待《ま》つばかりになりました。

7 バム、足《あし》がすくむ

ひいおじいちゃんの誕生日《たんじょうび》、朝早《あさはや》くから、バムはひいおじいちゃんの巣穴《すあな》のまえで待《ま》っていました。すると、長老長《ちょうろうちょう》ほか、五《ご》ひきの、ぜんぶで六《ろっ》ぴきの長老《ちょうろう》マングースがぞろぞろならんでやってきました。

五《ご》ひきの長老《ちょうろう》がよこに整列《せいれつ》したところで、そのまえに立《た》った長老長《ちょうろうちょう》が巣穴《すあな》にむかって、声《こえ》をはりあげました。

「おおい、わが友《とも》、ブンよ！」

ブンというのは、バムのひいおじいちゃんの名《な》まえです。

長老長《ちょうろうちょう》はつづけていいました。

「お誕生日《たんじょうび》おめでとう！」

すると、巣穴《すあな》の中《なか》から、ひいおじいちゃんが出《で》てきました。

「どうもありがとう。長老《ちょうろう》たちがそろって、きてくださったところを見《み》ると、あれをききにいらしたんですな。」

「むろん、そうじゃ。それでは、たずねなくても、質問《しつもん》はわかるな？　てまがはぶけていい、こたえてみよ！」

「では、こたえましょう！」

ひいおじいちゃんがそういうと、六《ろっ》ぴきの長老《ちょうろう》たちはこまった顔《かお》をしました。

ここで、きちんと年《とし》をいわれてしまえば、バムのひいおじいちゃんを長老《ちょうろう》にすることはできません。じぶんの年《とし》がいくつなのか、よくわからなくならないと、長老《ちょうろう》にはなれないのです。

ひいおじいちゃんが胸《むね》をはって、大《おお》きく息《いき》を吸《す》ったところで、長老長《ちょうろうちょう》がいいました。

「ま、待《ま》て、ブン！　おまえは、そんなにかんたんには、わしらが知《し》りたいことをこたえられないのではないか。こたえられなければ、こたえずともよいのじゃぞ。みょうに、自信《じしん》たっぷりじゃが……。」

「なんの、なんの！　じぶんのことだ、こたえられないことなどありましょうか。では、こたえます！　それは……。」

このときはもう、おおぜいのマングースたちがバムのひいおじいちゃんの巣《す》穴《あな》のまえに集《あつ》まっていたのです。みな、バムのひいおじいちゃんが長老《ちょうろう》になるところをひと目見《めみ》ようと思《おも》ったわけです。でも、ここで、年《とし》をこたえてしまえば、長老《ちょうろう》になるのは、早《はや》くて来年《らいねん》になってしまいます。

たくさんのマングースたちが息《いき》をのみました。

胸《むね》いっぱいに息《いき》を吸《す》いこんだところで、ひいおじいちゃんはいいました。

「それは……、それは……たまごーっ！」

みんな、あっけにとられて、口《くち》をぽかんとあけました。

長老長《ちょうろうちょう》の口《くち》からつぶやきがもれました。

「たまご……？」

「そうですが、なにか？　わしの好物《こうぶつ》、それはたまごじゃが。」

あたりまえのように、ひいおじいちゃんがそういったところで、気《き》をとりなおした長老長《ちょうろうちょう》がいいました。

「いや。ブンよ。ききたかったのは、好物《こうぶつ》ではない。年《とし》だ。おまえは、きょうでいくつになる？」

「ううむ、そのことでしたか。それならば……。」

といって、ひいおじいちゃんは少《すこ》し考《かんが》えてから、こたえました。

「じつは、わしのせがれやまごや、ひいまごよりは、わしは年上《としうえ》だということはわかるのですが、去年《きょねん》あたりから、どうも正確《せいかく》な数《かず》がわからなくなってなあ。長老長《ちょうろうちょう》、知《し》っていたら、教《おし》えてほしい。わしは、いったいいくつだっけ?」

集《あつ》まったマングースの中《なか》から歓声《かんせい》があがりました。

「やったーっ! きょうから、ブンは長老《ちょうろう》だ!」

だれかがそうさけぶと、みんながそれにあわせました。

「長老《ちょうろう》、長老《ちょうろう》! きょうから長老《ちょうろう》、きょうから長老《ちょうろう》!」

ところが、そのときです。ずっとうしろのほうで、悲鳴《ひめい》があがりました。

「キャーッ!」

たちまち、おおぜいのマングースたちが左右《さゆう》にわかれます。そして、そのためにできた道《みち》のむこうに、何《なに》やらにゅうっと背《せ》の高《たか》いものがあらわれました。

だれかがさけびました。

「コブラだーっ！　キングコブラだーっ！　キングコブラが、おそってきたぞーっ！」

背《せ》の高《たか》いものは、どうやらキングコブラのようです。なにしろ、バムはキングコブラなど、見《み》るのははじめてです。だから、ほんとうにそれがキングコブラなのかどうか、わからないのですが、たとえそれがキングコブラではなくても、それくらい巨大《きょだい》なヘビならば、子《こ》どものマングースなんて、ひとのみです。

バムは足《あし》がすくんで、うごけなくなりました。

マングースたちがあけた道《みち》をとおって、キングコブラは、かま首《くび》をもたげて、すべるように、こちらにむかってきます。

さすがに長老《ちょうろう》たちは長老《ちょうろう》だけあって、キングコブラにむかって、さっと身《み》がまえました。すると、すぐ近《ちか》くまできたキングコブラは、六《ろっ》ぴきの長老《ちょうろう》ご

しに、ひいおじいちゃんを見《み》おろし、口《くち》をかっとひらきました。

わっ、ひいおじいちゃんが食《た》べられちゃう！

そう思《おも》った瞬間《しゅんかん》、キングコブラは、

「ひさしぶりだなあ、ブン。きょうは、一年《いちねん》でいちばん昼《ひる》が長《なが》い日《ひ》だ。ということはおまえの誕生日《たんじょうび》だ。昔《むかし》のよしみで、おいわいをいいにきたぞ。ハッピー・バースデー・トゥ・ユウ！　もしかして、きょうから長老《ちょうろう》じゃないか？」

といったのです。

8　バムの計画《けいかく》、石《いし》なげ大会《たいかい》の結末《けつまつ》

いったいどういうことかというと……。

じつはこういうことでした。

バムのひいおじいちゃんのブンは、わかいころ、あちらこちら旅《たび》をしたのですが、ある日《ひ》、一本《いっぽん》の木《き》の下《した》で、キングコブラにであいました。キングコブラではなくても、ヘビとマングースはなかがわるいので、ふつうなら、けんかになってもふしぎではありません。でも、そのとき、そのキングコブラは病気《びょうき》だったのです。病気《びょうき》でうごけなかったのです。

いくらなかのわるいあいてでも、病気《びょうき》のときは別《べつ》です。ブンは何日《なんにち》もその木《き》の下《した》にとどまって、キングコブラの看病《かんびょう》をしました。そのかいあって、キングコブラの病気《びょうき》はなおり、それからしばらく、ふたりはいっしょに旅《たび》をしたのでした。

旅《たび》のとちゅう、キングコブラはきれいな女《おんな》のキングコブラを見《み》つけ、結婚《けっこん》しました。もちろん、ブンはその結婚式《けっこんしき》にも出《で》ました。そのときのことについて、ブンがいうには、

「とにかく、結婚式《けっこんしき》にきた客《きゃく》っていうのが、ぜんぶ、キングコブラじゃからな。こわくなかったといえば、うそになる。中《なか》には、わしのことを見《み》て、『これは結婚式《けっこんしき》のごちそうか。』なんていったやつもいた。」

ということです。

結婚式《けっこんしき》のあと、新婚旅行《しんこんりょこう》に出《で》るふたりに、ブンはわかれをつげ、それからきょうまでのあいだ、ブンとキングコブラはずっとあっていませんでした。

キングコブラは、ブンからマングースについて、いろいろ話《はなし》をきいていたし、ブンの誕生日《たんじょうび》も知《し》っていたので、そろそろ、ブンが長老《ちょうろう》になるころだと思《おも》い、遠《とお》くから旅《たび》をして、誕生日《たんじょうび》にやってきたわけです。

そういうことがわかったあとで、バムの計画《けいかく》どおり、石《いし》なげ大会《たいかい》はおこなわれました。

大会《たいかい》には、やはり、ほかの村《むら》からも十《じっ》ぴき以上《いじょう》のマングースが参加《さんか》していました。

優勝《ゆうしょう》はだれだって？

遠《とお》くまでとばす種目《しゅもく》では、ウズのおとうさんが優勝《ゆうしょう》しました。まとあての種目《しゅもく》は、よその村《むら》からきたマングースでした。

賞品《しょうひん》の首《くび》かざりをもらったマングースも、四位以下《よんいいか》で、もらえなかったマングースも、みな満足《まんぞく》そうでした。石《いし》なげ大会《たいかい》もたのしかったし、すぐ目《め》のま

えで、キングコブラを見《み》ることができるどころか、話《はなし》をしたりもできたのですからね。

そうそう、たまごずきのバムのひいおじいちゃんがキングコブラのたまごだけは食《た》べないのは、キングコブラと友《とも》だちだからです。もちろん、そのキングコブラも、

「わしだって、マングースのたまごを食《た》べたことはない！　もちろん、たまごではないマングースもだ。」

といっていました。

お話《はなし》のあとで

じぶんで計画《けいかく》を立《た》てて、それを実行《じっこう》するって、いったいどういうこと？

マングースのバムのお話《はなし》は、そういうことのひとつのたとえです。計画《けいかく》を立《た》てても、最初《さいしょ》にはわからなかったことがあとでわかったり、思《おも》いもよらないことがおこったりすることがあります。バムのお話《はなし》が、そういうときの参考《さんこう》になればいいですね。

バムとめざそう　計画名人《けいかくめいじん》

計画《けいかく》って何《なに》？

バムは、ひいおじいちゃんのために、とてもすてきなプレゼントを、「計画《けいかく》」しました。

おかげで、誕生日《たんじょうび》を、みんなでおいわいしたうえ、石《いし》なげ大会《たいかい》に出《で》たマングースたちを、満足《まんぞく》させることもできました。

ひいおじいちゃんをよろこばせようと、いっしょうけんめい作戦《さくせん》をねったおかげですね。

そうです、計画《けいかく》を立《た》てるというのは、したいと思《おも》っていることがうまくいくように、いろいろと作戦《さくせん》をねることです。

「計画《けいかく》って、
うまくいくための作戦《さくせん》なんだ。」

計画《けいかく》するってむずかしい？

毎日《まいにち》の生活《せいかつ》の中《なか》にも、うまくいってほしいことは、たくさんあります。そのために、みなさんは、じつは気《き》づかぬうちに、さきのことを考《かんが》えて、小《ちい》さな計画《けいかく》を立《た》てています。

たとえば、夜《よる》にすきなテレビ番組《ばんぐみ》を見《み》るために、かえったらすぐ宿題《しゅくだい》をやってしまおうと思《おも》ったことはありませんか？　これもりっぱな計画《けいかく》です。

また、「まえの日《ひ》に時間割《じかんわり》をそろえておけば、朝《あさ》のしたくがゆっくりできるぞ。」と、作戦《さくせん》を立《た》てるのも、小《ちい》さな計画《けいかく》なのですよ。

そう考《かんが》えると、計画《けいかく》を立《た》てるって、いがいとかんたんでしょう？

大《おお》きな計画《けいかく》にちょうせん

毎日《まいにち》の生活《せいかつ》の中《なか》で、みなさんは、知《し》らないうちに小《ちい》さな計画《けいかく》を立《た》てています。

けれども、とくべつなことをしたり、みんなでいっしょに何《なに》かをしたり、といった大《おお》きな計画《けい》画《かく》では、注意《ちゅうい》ぶかく作戦《さくせん》をねることがだいじになります。

バムは、だれが遠《とお》くまで石《いし》をなげたかしらべる方法《ほうほう》を、長老長《ちょうろうちょう》にいわれるまで、考《かんが》えていませんでした。

このように、とくべつなことをするときには、思《おも》わぬおとしあながあるものです。

また、人《ひと》と何《なに》かをするときには、みんなの意《い》見《けん》やつごうを、うまくひとつにまとめないとい

けません。

大《おお》きな計画《けいかく》を立《た》てるのには、少《すこ》してまがかかりそうですね。でも、やり方《かた》のこつをつかめば、そんなにむずかしくはありません。

バムのように、大《おお》きな計画《けいかく》を、じぶんで立《た》てて実行《じっこう》できたら、かっこいいですよね。

それに、いつもとちがうことや、みんなでたのしいことをすると思《おも》うと、なんだかわくわくしてきませんか？

さあ、これから、バムといっしょに、計画名《けいかくめい》人《じん》をめざしましょう。

「計画名人《けいかくめいじん》は、かっこいいね。」

作戦《さくせん》をねる

さて、大《おお》きな計画《けいかく》を立《た》てるには、こつがある、といいましたね。そこで、作戦《さくせん》をねるときに、役《やく》に立《た》ちそうな方法《ほうほう》を5つ、考《かんが》えてみました。計画《けいかく》にあわせて、使《つか》ってみてください。

1 情報《じょうほう》を集《あつ》める

計画《けいかく》を立《た》てるまえに、やってみたいことについて、よくしらべることが大切《たいせつ》です。

情報《じょうほう》を集《あつ》めて、いろいろなことがわかると、くわしい計画《けいかく》が立《た》てられるようになります。また、どうすればうまくいくのか、実行《じっこう》するためのアイデアもわいてくるかもしれませんよ。

しらべてみよう

いってみたい場所《ばしょ》、テーマパーク、博物館《はくぶつかん》はありますか？じぶんでいくつもりになって、いろいろなことをしらべてみてください。

★しらべるのは、たとえばこんなことです。

①そこには、何《なに》があるの？②やってみたいのは、どんなこと？③どこにあるの？④どうやっていくの？⑤そこにつくまで、どのくらい時間《じかん》がかかるの？⑥電車《でんしゃ》・バスなどの料金《りょうきん》は？⑦何時《なんじ》から何時《なんじ》までやっているの？⑧お休《やす》みはあるの？⑨入園料《にゅうえんりょう》・入館料《にゅうかんりょう》は？

★しらべるときに使《つか》えるものは、いろいろあります。

①ガイドブック、ざっし、パンフレット

②インターネットのホームページ

★じぶんでしらべるほかに、いったことのある人《ひと》の話《はなし》をきいてもいいですよ。本《ほん》にはのっていない、おとくな情報《じょうほう》もあるかもしれません。

「長老長《ちょうろうちょう》は、
ぼくが知《し》らなかった、
石《いし》なげがとくいな
マングースを
教《おし》えてくれたよ。」

②リストをつくる

やることがたくさんあって、おぼえておくのがたいへんなときには、リストをつくるとべんりです。

遠足《えんそく》にいくときに、「遠足《えんそく》のしおり」をもらいますね。そこには、もっていくものがならべて書《か》いてあるリストがのっています。リストでたしかめれば、うっかりわすれてしまう、ということもありません。

また、リストに書《か》きだすと、計画《けいかく》の全体《ぜんたい》がわかります。見《み》ているうちに、足《た》りないことを、思《おも》いつくかもしれません。

友《とも》だちといっしょに、準備《じゅんび》をするときには、リストで、やくわりのぶんたんもできますよ。

「石《いし》がとんだきょりは、どうやってしらべるのじゃ？」

リストで買《か》い物《もの》はかんぺき

おてつだいで、買《か》い物《もの》をすることはありますか？　1つや2つなら、おぼえていられますが、たくさんのものをたのまれたときには、リストを書《か》いてもっていくと、買《か》いわすれがありませんよ。

わすれものをなくそう

リストは、学校《がっこう》にもっていくものをわすれないようにする作戦《さくせん》にも、使《つか》えます。たとえば、こんな2つのリストをつくって、準備《じゅんび》をしてはどうでしょうか？

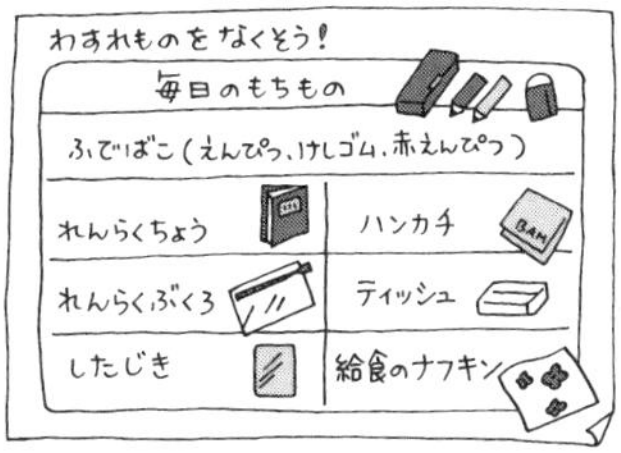

アンケート〈わすれものをなくすアイデア〉

わすれものは、ほとんどしない、という人《ひと》もいれば、よくする、という人《ひと》もいます。みなさんは、どちらでしょうか？　わすれものをなくすために、どんな作戦《さくせん》があるのか、小学生《しょうがくせい》にアンケートをとってみたら、多《おお》かった答《こた》えは、この2つです。

■時間割《じかんわり》は、まえの日《ひ》にそろえる

朝《あさ》おきてからではなく、まえの日《ひ》にそろえるのが、いちばん確実《かくじつ》のようです。朝《あさ》はねむかったり、おそくなって、あわてたりしますから、まえの日《ひ》のほうが、ゆっくりと、したくができますよね。

「げんかんにおいておけば、ばっちりだよ。」

■れんらくちょうをたしかめる

れんらくちょうを見《み》れば、宿題《しゅくだい》やもっていくものが、ちゃんとわかります。もちろん、先生《せんせい》が黒板《こくばん》に書《か》いたことを、きちんとうつしてくることが、かんじんです。

れんらくちょうを見《み》て、まえの日《ひ》にそろえれば、かんぺきです。どうしてもまえの日《ひ》に入《い》れておけないものがあるときは、ランドセルの上《うえ》にれんらくちょうのページをひらいておくか、メモをおいておくといいですね。

かくしわざ、うらわざ？

なかには、こんな作戦《さくせん》もありました。

・ふでばこは、ランドセル、音楽《おんがく》のがっきのふくろ、どうぐばこに１つずつ入《い》れておけば、どれかをわすれてもだいじょうぶ。

・わすれものをしたら、ゲームをしないと、おうちの人《ひと》とやくそくした。ゲームをしたいから、わすれない。

・カレンダーに書《か》いておく。

・学校《がっこう》で、わすれものをしたら、給食《きゅうしょく》のおかわりができないことになっているから、デザートのある日《ひ》はわすれない。

・学校《がっこう》のどうぐばこに、ハンカチ、ティッシュ、えんぴつ、けしごむを入《い》れておく。

・毎日《まいにち》、ぜんぶもっていく。

・たいそうふくやえのぐは、学校《がっこう》においておく。

・朝《あさ》、友《とも》だちがもっているものを見《み》せてもらう。わすれているものがあったら、とりにかえる。

・わすれるとたいへんなものは、おうちの人《ひと》にいって、いっしょにおぼえておいてもらう。

③ 順番《じゅんばん》を考《かんが》える

やることがきまったら、どういう順番《じゅんばん》ですすめるか、を考《かんが》えます。

バムは、まず長老長《ちょうろうちょう》に会《あ》いにいって、ひいおじいちゃんが長老《ちょうろう》になりそうか、きいてみました。長老《ちょうろう》になるのなら、いつもとはちがう、とくべつなおいわいを考《かんが》えないといけないので、はじめにわかっていないとこまりますよね。

首《くび》かざりのように、用意《ようい》をするのに時間《じかん》がかかることも、早《はや》くはじめておくと安心《あんしん》です。

そして、参加《さんか》するマングースの数《かず》がきまってから、会場《かいじょう》の準備《じゅんび》にかかりました。

あとであわてないように、計画《けいかく》をうまくすすめるためには、順番《じゅんばん》が大切《たいせつ》です。

ゲーム〈ぎょうざをつくってみよう〉

りょうりをするときには、切《き》る、やく、などたくさんのことをします。しかも、その順番《じゅんばん》をまちがえたら、おいしくできません。りょうりでも、順番《じゅんばん》は大切《たいせつ》ですね。

バムは、ぎょうざをつくることにしました。でも、つくり方《かた》を書《か》いたカードをおとして、ばらばらにしてしまいました。カードを、順番《じゅんばん》に、ならべてみましょう。

㋐皮《かわ》にあん（肉《にく》とやさいをまぜたもの）をのせて、つつむ
㋑やき色《いろ》がついたら、水《みず》を入《い》れる
㋒ひき肉《にく》とやさいをまぜる
㋓やさいをこまかく切《き》る
㋔ふたをとって、水分《すいぶん》をとばす
㋕フライパンにあぶらをしいて、ぎょうざをならべる
㋖ひき肉《にく》とちょうみりょうを、ねばりが出《で》るまで、まぜる
㋗ふたをして、3分《ぷん》くらいむしやきにする

★答《こた》えは下《した》にあるよ

 答《こた》え：㋓→㋖→㋒→㋐→㋕→㋑→㋗→㋔

4 計画表《けいかくひょう》をつくる

計画表《けいかくひょう》は、いつ、何《なに》をやるのかを、日《ひ》にちや時《じ》こくを入《い》れて、順番《じゅんばん》にならべたものです。計画表《けいかくひょう》には、2つあります。実行《じっこう》するまえの準備《じゅんび》をすすめるための計画表《けいかくひょう》と、実行《じっこう》するときの計画表《けいかくひょう》です。

計画表《けいかくひょう》をつくってすすめていけば、とちゅうで、どこまですすんだのか、たしかめることができます。また、おくれたときにも、すぐにわかります。

バムが石《いし》なげ大会《たいかい》の準備《じゅんび》をする計画表《けいかくひょう》は、頭《あたま》の中《なか》にあったようです。3日《か》で準備《じゅんび》ができるように、きちんと考《かんが》えていたんですね。

1日《にち》の計画表《けいかくひょう》をつくってみよう

69ページの「しらべてみよう」で、えらんだ場所《ばしょ》について、しらべたことをもとにして、計画表《けいかくひょう》をつくってみましょう。お休《やす》みの日《ひ》を1日《にち》使《つか》っていくつもりで、つくってみてください。

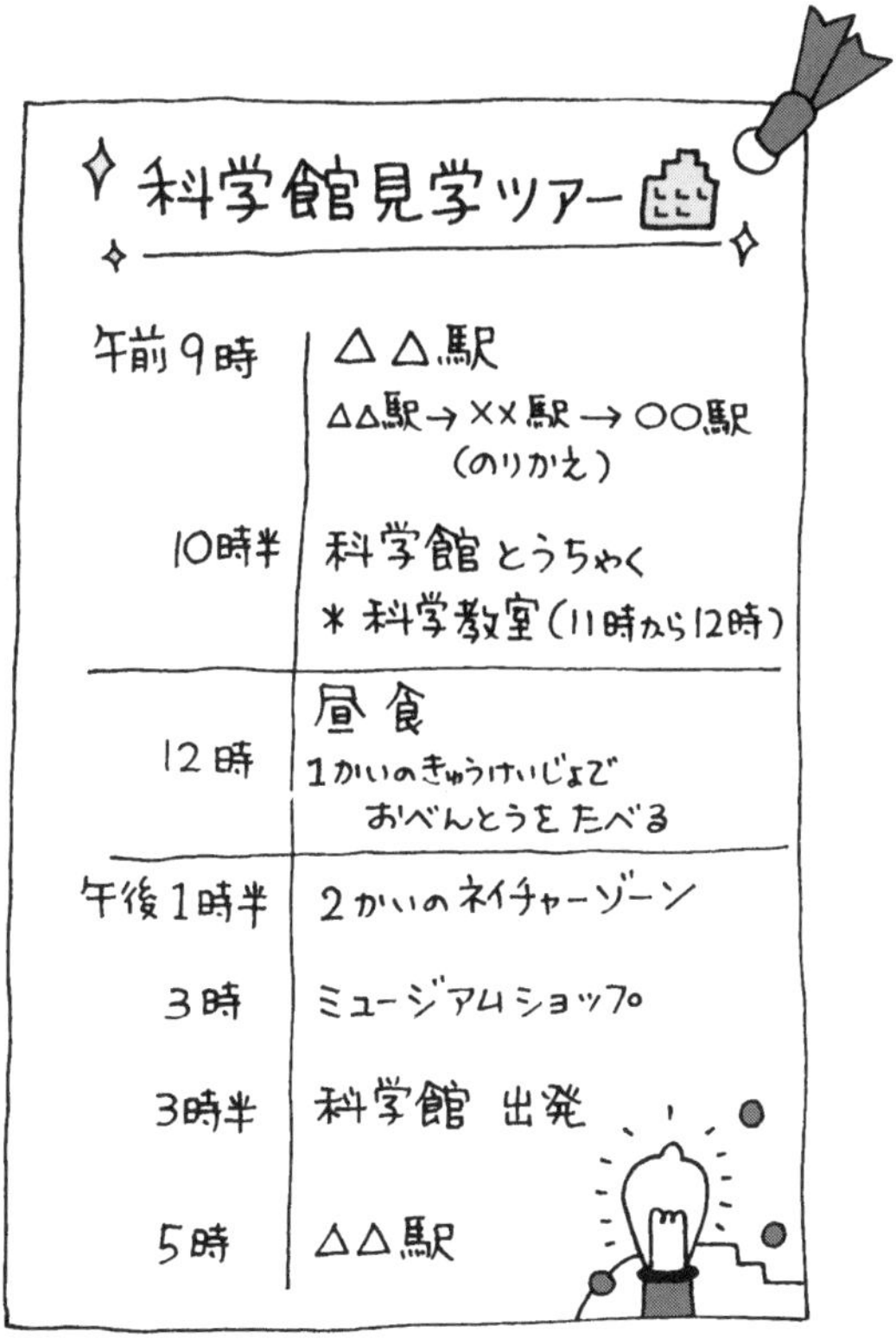
科学館見学ツアー
午前9時
△△駅
△△駅→××駅→○○駅
（のりかえ）
10時半
科学館 とうちゃく
＊科学教室（11時から12時）
12時
昼食
1かいのきゅうけいじょで
おべんとうをたべる
午後1時半
2かいのネイチャーゾーン
3時
ミュージアムショップ
3時半
科学館 出発
5時
△△駅

夏休《なつやす》みの計画表《けいかくひょう》

長《なが》い夏休《なつやす》みなのに、宿題《しゅくだい》がのこってしまって、最後《さいご》の日《ひ》にたいへんだった、ということはありませんでしたか？　あとであわてなくてもいいように、計画表《けいかくひょう》をつくってみましょう。

つくり方《かた》にきまりはありませんが、なるべく1まいの紙《かみ》にすると、わかりやすいです。まず、旅行《りょこう》やプール教室《きょうしつ》など、きまっている予定《よてい》を書《か》きいれます。それから、夏休《なつやす》みの宿題《しゅくだい》を、いつ何《なに》をするかをきめて、入《い》れてください。

計画《けいかく》どおりにすすまなくて、最《さい》後《ご》の日《ひ》にやっぱりおおあわて、とならないために、いくつかの「わざ」があります。

●わざ1　予定《よてい》がない日《ひ》をつくる

休《やす》みのあいだには、友《とも》だちからさそわれたり、きゅうに出《で》かけることになったり、ということがおこります。計画《けいかく》をしていた

ことができなかったときのために、計画《けいかく》を入《い》れない日《ひ》を何日《なんにち》か、つくっておきます。

●わざ2　宿題《しゅくだい》をする日《ひ》は多《おお》めにとっておく

自由研究《じゆうけんきゅう》の実験《じっけん》にしっぱいしたり、読書感想文《どくしょかんそうぶん》の本《ほん》を読《よ》みおわらなかったり……。予定《よてい》どおりにすすまないかもしれないものは、日数《にっすう》を多《おお》めにしておきます。早《はや》くおわったら、その分《ぶん》、あそべますよ。

●わざ3　とちゅうで、「見《み》なおし」の日《ひ》をつくる

わざ1や2のように、思《おも》ってもみないことがおこって、計画《けいかく》がずれることがあります。とちゅうに、計画《けいかく》の見《み》なおしをする日《ひ》をきめておきましょう。

5 せっけい図《ず》、地図《ちず》をかく

計画《けいかく》していることを図《ず》にしたものを、せっけい図《ず》といいます。文字《もじ》で書《か》くよりも、図《ず》を見《み》せたほうがわかりやすく、計画《けいかく》していることをうまくつたえられることもあります。

バムは、石《いし》なげ大会《たいかい》に出《で》るマングースがふえそうだと思《おも》って、石《いし》なげの順番《じゅんばん》を待《ま》つ場所《ばしょ》を倍《ばい》にしましたね。場所《ばしょ》の使《つか》い方《かた》や、何《なに》をどこにおくのか、を考《かんが》えてみるときには、せっけい図《ず》が役《やく》に立《た》ちます。

広《ひろ》い場所《ばしょ》で、何《なに》がどこにあるのかを図《ず》にしたものが、地図《ちず》です。地図《ちず》は、いきたいところへどうやっていくか、テーマパークをどうまわるかなどを計画《けいかく》するときに使《つか》えますね。

お気《き》にいりコーナーをせっけい

つくえの上《うえ》や、リビングのひとすみに、すきなものをかざって、お気《き》にいりのコーナーをつくってみてはどうでしょうか？

もちろん、ものをもってきて、いきなりならべることもできます。でも、せっけい図《ず》をかきながら、お店《みせ》のショーウィンドーをつくるつもりで考《かんが》えてみるのも、たのしそうです。かざり方《かた》のアイデアが、うかんでくるかもしれません。

テーマをきめて、それに合《あ》うものをえらんだり、いくつかのコーナーに分《わ》けておいたり……。たのしんで、考《かんが》えてみてください。

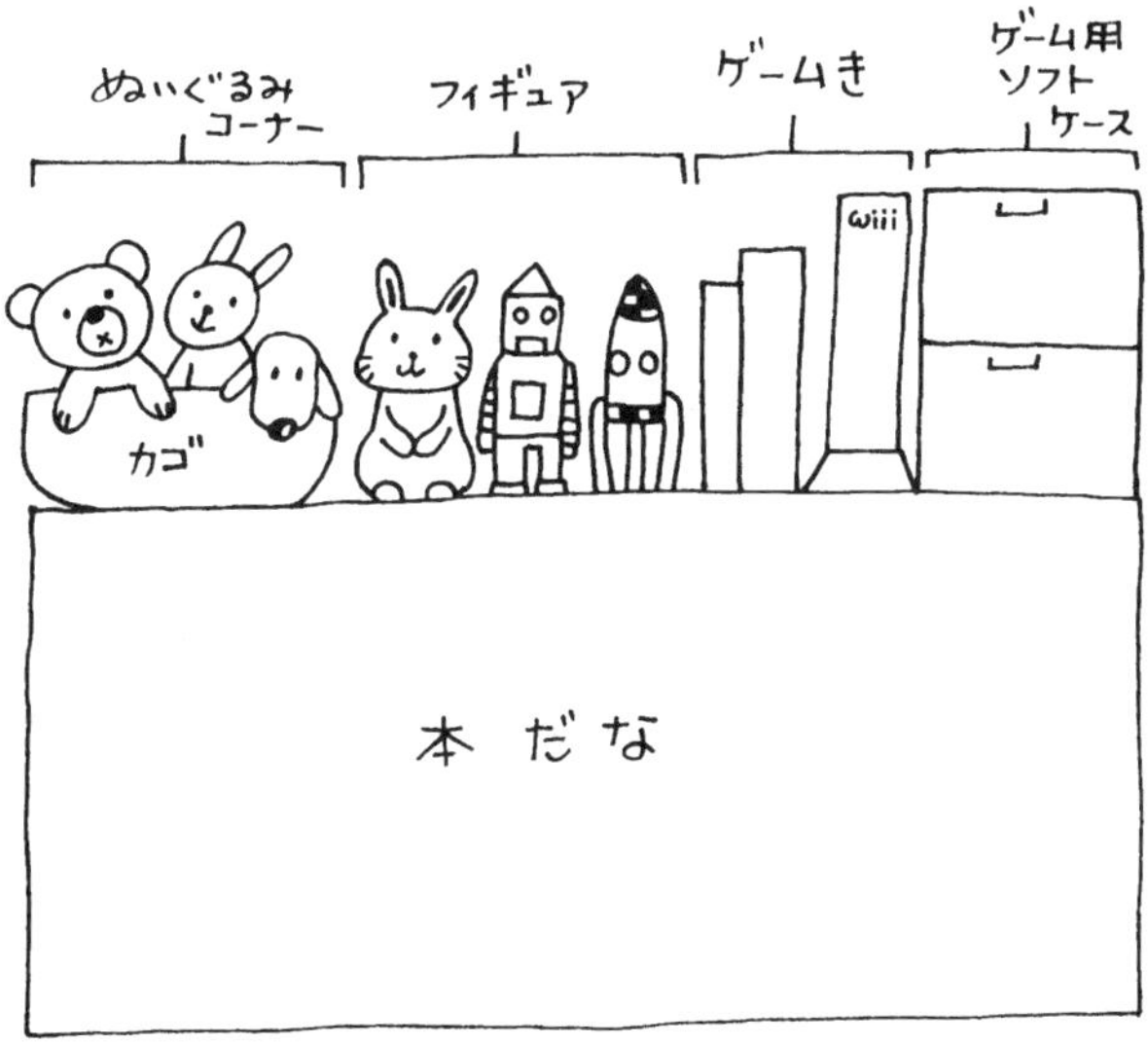

アンケート〈みんなのこだわりコーナー〉

すきなものをきれいにかざっている、お気《き》にいりの場所《ばしょ》はどこですか？

リビングのかざりだな。レゴでつくったものを、かざっているよ。いすにすわって、つくったものを見《み》ながら、こんどは何《なに》をつくろうかなって考《かんが》えるのがたのしいんだ。

リビングのたなの上《うえ》。そこに、だいすきな電車《でんしゃ》のもけいを、おいているんだ。ブロックで駅《えき》をつくって、電《でん》車《しゃ》が駅《えき》にとまっている感《かん》じにしてみたよ。

つくえについているたな。コルクボードをおいて、かわいいアクセサリーやストラップを、ピンでぶらさげているの。ボードのまえには、小《ちい》さいぬいぐるみをならべてる。ぬいぐるみにも、かみかざりを首《くび》にまいてあげたら、かわいくなった。

大切《たいせつ》なものや、思《おも》い出《で》のもの、お気《き》にいりのおもちゃは、「たからばこ」に入《い》れる。はこのふたに、じぶんで絵《え》をかいて、本《ほん》だなの上《うえ》にかざっているの。今《いま》のお気《き》にいりは、紙《かみ》ひこうき。すごくよく飛《と》ぶのがつくれたから、大切《たいせつ》にしているよ。

ぼくのじまんは、コレクションボックスだよ。ようちえんのときに、じぶんでつくったんだ。お気《き》にいりのフィギュアをならべている。今《いま》は、スフィンクスとか、ミイラ、石像《せきぞう》とか、エジプトのものが多《おお》いよ。たなの上《うえ》において、まわりにもすきなものをならべるんだ。

かざってはいないけど、がんばって整理《せいり》しているのは、カードゲームのカード。強《つよ》いカード、弱《よわ》いカードに分《わ》けて、ファイルに入《い》れているよ。どこに何《なに》が入《はい》っているか、わかっているから、必要《ひつよう》なカードがすぐ出《だ》せる。

ゲーム〈地図《ちず》を見《み》て、出《で》かけよう〉

博物館《はくぶつかん》、美術館《びじゅつかん》など、さまざまなたてものがある、大《おお》きな公園《こうえん》にきました。入《い》り口《ぐち》には、左《ひだり》のような大《おお》きな地図《ちず》があります。ところが、文字《もじ》がきえてしまっていて、どのたてものが何《なん》なのか、わかりません。もってきたガイドブックのせつめいをたよりに、博物館《はくぶつかん》、美術館《びじゅつかん》、コンサートホールをさがしてください。

博物館《はくぶつかん》

入《い》り口《ぐち》を入《はい》ったら、サクラなみきをすすんで、ふんすい広場《ひろば》に出《で》ます。ふんすいを右《みぎ》にまがり、少《すこ》しすすむと、左側《ひだりがわ》にイチョウなみきがあります。そこをすすめば、博物館《はくぶつかん》に出《で》ます。正面《しょうめん》にあるマンモスの石像《せきぞう》が目印《めじるし》です。

美術館《びじゅつかん》

入《い》り口《ぐち》を入《はい》ったら、サクラなみきに入《はい》って、すぐに左《ひだり》にまがります。アヒル池《いけ》の上《うえ》にかかる橋《はし》をまっすぐすすめば、正面《しょうめん》げんかんのまえに出《で》ます。屋上《おくじょう》からは、川《かわ》の景色《けしき》もたのしめます。

コンサートホール

入《い》り口《ぐち》を入《はい》ったら、サクラなみきをすすんで、ふんすい広場《ひろば》に出《で》ます。ふんすいを左《ひだり》にまがり、しばらくすすみ、右側《みぎがわ》のレンガの門《もん》を入《はい》ります。たてもの右側《みぎがわ》のかいだんをのぼって、中《なか》に入《はい》ります。

答《こた》え：博物館《はくぶつかん》㋒、美術館《びじゅつかん》㋖、コンサートホール㋑

アンケート〈こんな計画《けいかく》にちょうせんしたよ〉

計画《けいかく》を立《た》てて、実行《じっこう》したことがある人《ひと》に、話《はなし》をきいてみました。みんな、いろいろなことに、ちょうせんしていますね。

おわかれ会
おわ

クラスでのおわかれ会《かい》

ぼくがまとめ役《やく》になって、てんこうする友《とも》だちのおわかれ会《かい》をした。2回《かい》の学級会《がっきゅうかい》で、話《はな》しあいや準備《じゅんび》をして、3回目《かいめ》が本番《ほんばん》だったんだ。まずは、主役《しゅやく》に何《なに》がしたいか、きぼうをきいた。それから、①何《なに》をするか、②出《だ》しものの順番《じゅんばん》と時間《じかん》はどうするか、というふうに、「小柱《こばしら》」をいくつか立《た》てて、それぞれについて、話《はな》しあってきめていったよ。「小柱《こばしら》」を立《た》てることは、先生《せんせい》に教《おし》えてもらったわざなんだ。

家族《かぞく》の誕生《たんじょう》パーティー

「はじめのことば」や「プレゼントしんてい」など、することと時間《じかん》を書《か》いた台本《だいほん》をつくって、司会《しかい》をしたの。ごちそうは何《なに》かをおかあさんにきいておいて、〈本日《ほんじつ》のメニュー〉もかべにはったよ。

本日のメニュー
★ チキンのソテー
★ コンソメスープ
★ ポテトサラダ

こんぶ組《ぐみ》

団地《だんち》や近《ちか》くに住《す》む友《とも》だち10人《にん》ぐらいで、「こんぶ組《ぐみ》」をけっせい。こんぶ組《ぐみ》の歌《うた》、こんぶ組《ぐみ》たいそう、こんぶ組《ぐみ》ルールなどをつくったよ。みんなで、公園《こうえん》での花火大会《はなびたいかい》やキャンプなどを計画《けいかく》して、もりあがったんだ。おとなの人《ひと》も、いっしょになってたのしんでくれたよ。

お楽《たの》しみ会《かい》の出《だ》しもの

友《とも》だちと3人《にん》で、理科《りか》の実験《じっけん》を、みんなのまえでやってみせたの。むらさきキャベツのしるにいろいろ入《い》れて、色《いろ》を変化《へんか》させる実験《じっけん》では、いろいろと準備《じゅんび》が必要《ひつよう》だった。まえの夜《よる》に、キャベツのゆでじるをつくって、それに入《い》れるしお、さとう、す、それにしるを入《い》れる、とうめいカップも用意《ようい》したんだ。

親《しん》せきとのお楽《たの》しみ会《かい》

親《しん》せきとの旅行《りょこう》では、わたしが司会《しかい》をしてお楽《たの》しみ会《かい》をやるの。ビー玉《だま》ころがしボードなどをつくっていって、ゲームをするんだ。賞品《しょうひん》には、はぎれでシュシュや、キーホルダーをつくったり、おじさんたちのすきなビールや、しょうぎのこまを木《き》でつくったり、しているよ。

電車旅行《でんしゃりょこう》

電車《でんしゃ》がすきな友《とも》だちとふたりで、となりの県《けん》までの、旅行《りょこう》の計画《けいかく》を立《た》てたよ。バスと電車《でんしゃ》を使《つか》ったルートをきめて、のりかえ時間《じかん》もしらべて出発《しゅっぱつ》。もくてきの駅《えき》で、かまめしの駅《えき》べんを食《た》べてかえってきたんだ。とちゅうで、めずらしい電車《でんしゃ》を見《み》たり、駅《えき》の写真《しゃしん》をとったりできたのが、すごくうれしかった。何《なに》かあったときのために、おかあさんが、けいたい電話《でんわ》をかしてくれたけど、使《つか》わずにすんだよ。

家族旅行《かぞくりょこう》

毎年《まいとし》の旅行《りょこう》では、みんなから行《い》き先《さき》や、やりたいことのアンケートをとって、わたしが計画《けいかく》を立《た》てているよ。

休《やす》みの日《ひ》にあそぶ

いつもの友《とも》だちと、休《やす》みの日《ひ》にあそぶときには、とくべつな計画《けいかく》を立《た》てるの。公園《こうえん》ですることを、何日《なんにち》もまえから考《かんが》えるのって、すごくたのしいんだ。することがきまったら、紙《かみ》にしゅうごう時間《じかん》や、かえりの時間《じかん》を書《か》く。「雨《あめ》がふったときのために、おりたたみのかさ」とか、もちものなども書《か》いておくんだよ。

きもだめし

夏休《なつやす》みのはじめに、クラスで「きもだめし」をしようと、何人《なんにん》かで計画《けいかく》を立《た》てたんだ。クラスのみんなにお知《し》らせをして、何人《なんにん》か集《あつ》まったけど、始《はじ》めようと思《おも》ったとたんに、かみなりがなって、大雨《おおあめ》がふってきちゃった。中止《ちゅうし》になったけど、計画《けいかく》するのは、わくわくしてたのしかったよ。

しっぱいしてもだいじょうぶ

さて、計画《けいかく》のとちゅうや、本番《ほんばん》で、気《き》づかなかったおとしあながあったり、思《おも》わぬことがおきたりしたら、どうしましょう？

そのときは、あわてずに、最初《さいしょ》に計画《けいかく》を立《た》てたときの気《き》もちにもどってみてください。そもそもは、何《なに》がしたかったのでしょう？

バムは、石《いし》をさがしにいきましたが、必要《ひつよう》な数《かず》を見《み》つけることができませんでした。でも、そこで、つぎの日《ひ》にさがしても見《み》つからなければ、賞品《しょうひん》の数《かず》をへらせばいいと考《かんが》えました。

だいじなのは、かつやくしたマングースに賞品《しょうひん》をあげることなので、あげる数《かず》が変《か》わっても、大《おお》きな問題《もんだい》では、ありませんからね。

そうです。うまくいかなかったときには、かわりのやり方《かた》を見《み》つければいいのです。思《おも》いどおりにならなくても、だいじょうぶ。計画《けいかく》は、とちゅうで変《か》えられます。

さて、バムがつぎの日《ひ》に、もう一度《いちど》石《いし》をさがしたら、こんどは、必要《ひつよう》な分《ぶん》よりひとつ多《おお》く見《み》つかりましたよね。そこで、てつだってくれたお礼《れい》に、パラにあげました。

なんと、計画《けいかく》どおりにいかなかったおかげで、パラによろこんでもらうことができたのです。思《おも》わぬことが、よい結果《けっか》になるときだってあるのですね。

バムにきいたよ！ 名人《めいじん》になるためのひみつ

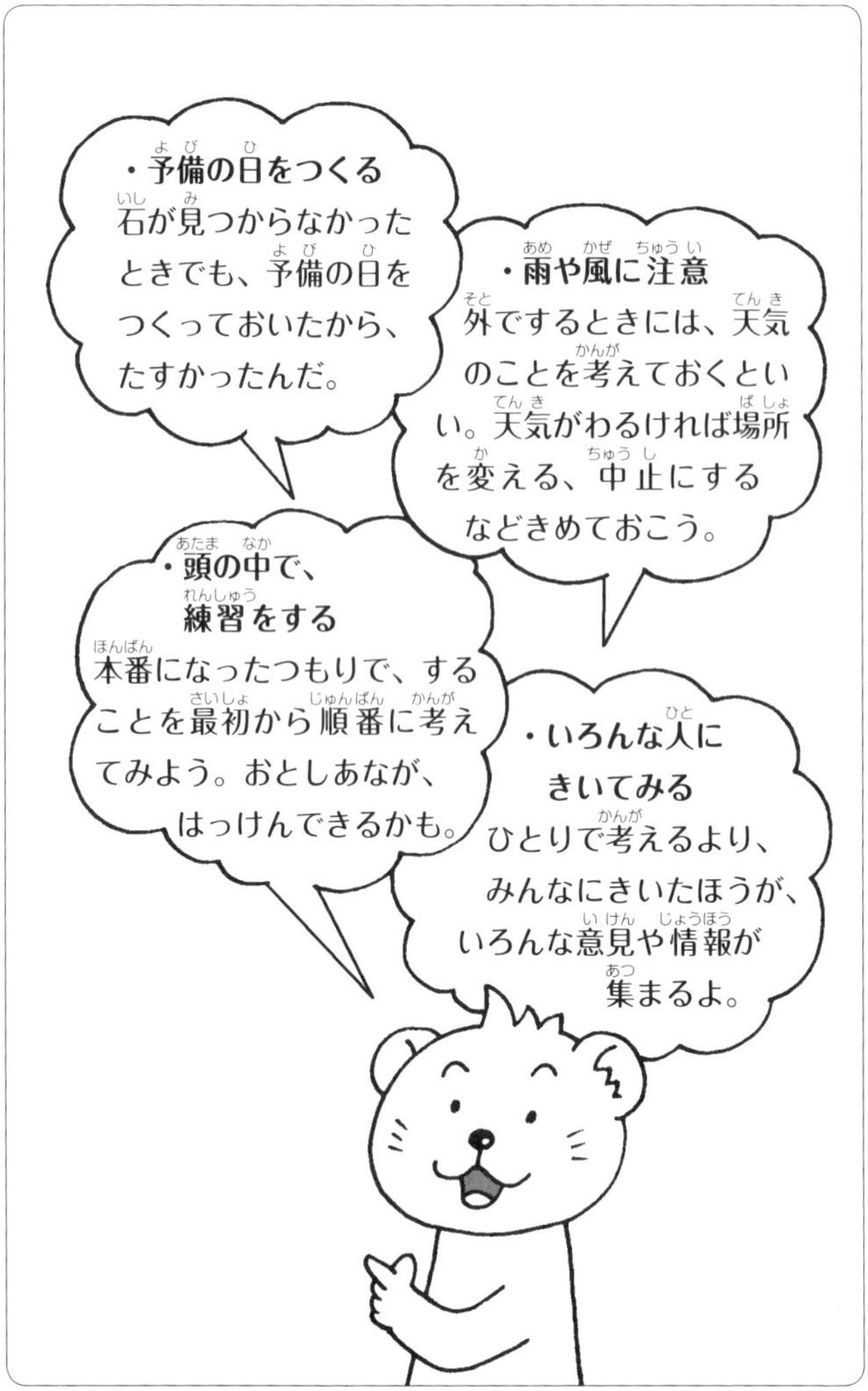
・予備《よび》の日《ひ》をつくる
石《いし》が見《み》つからなかったときでも、予備《よび》の日《ひ》をつくっておいたから、たすかったんだ。
・雨《あめ》や風《かぜ》に注意《ちゅうい》
外《そと》でするときには、天気《てんき》のことを考《かんが》えておくといい。天気《てんき》がわるければ場所《ばしょ》を変《か》える、中止《ちゅうし》にするなどきめておこう。
・頭《あたま》の中《なか》で、練習《れんしゅう》をする
本番《ほんばん》になったつもりで、することを最初《さいしょ》から順番《じゅんばん》に考《かんが》えてみよう。おとしあなが、はっけんできるかも。
・いろんな人《ひと》にきいてみる
ひとりで考《かんが》えるより、みんなにきいたほうが、いろんな意見《いけん》や情報《じょうほう》が集《あつ》まるよ。

計画名人《けいかくめいじん》への道《みち》はつづく

バムといっしょに、かっこいい計画名人《けいかくめいじん》になるための方法《ほうほう》を、見《み》てきました。すぐにまねしてみたいと思《おも》ったことはありましたか？

さて、バムとはここでおわかれです。こんどは、みなさんが、じぶんで計画《けいかく》を立《た》てながら、名人《めいじん》をめざしてください。

何度《なんど》もやってみることが、名人《めいじん》へのいちばんの近道《ちかみち》ですよ。

「めざせ、計画名人《けいかくめいじん》！」

斉藤　洋（さいとう　ひろし）

亜細亜大学教授。1986年『ルドルフとイッパイアッテナ』で講談社児童文学新人賞受賞。1988年『ルドルフともだちひとりだち』（講談社）で野間児童文芸新人賞受賞。1991年「路傍の石」幼少年文学賞受賞。おもな作品に『ほらふき男爵の冒険』「白狐魔記」「アラビアン・ナイト」シリーズ（偕成社）、「なん者ひなた丸」「ナツカのおばけ事件簿」シリーズ（あかね書房）、『日曜の朝ぼくは』『テーオバルトの騎士道入門』「西遊記」シリーズ（理論社）、『ルーディーボール』（講談社）などがある。

森田みちよ（もりた　みちよ）

おもな絵本の作品に『うとうとまんぼう』『ぷてらのタクシー』（講談社）、『しりとりたぬき』『しりとりこあら』「ミニしかけ絵本」シリーズ（岩崎書店）、『がんばれ！　とびまる』「ぶたぬきくん絵本」シリーズ（佼成出版社）、おもな挿絵の作品に『ドローセルマイアーの人形劇場』（あかね書房）、『クリスマスをめぐる7つのふしぎ』『日曜の朝ぼくは』『黄色いポストの郵便配達』『夜空の訪問者』「なんでもコアラ」「いつでもパラディア」シリーズ（理論社）などがある。

キッズ生活探検団

奥澤朋美（おくざわ　ともみ）

広告代理店で宣伝活動の企画立案を手がけた後、フリーで通訳・翻訳を行う。子育て、小学校での読み聞かせを通じて、子どもの本の魅力を再認識。現在は、翻訳をする傍ら、児童書翻訳ゼミに参加。

おおつかのりこ（大塚　典子）

子どもの本好きが集まる「やまねこ翻訳クラブ」で文章鍛錬を重ね、現在は児童書翻訳に携わる。翻訳、おはなし会、絵本紹介、児童書研究などを通じて、たくさんの小さな心に本の楽しさを届けたいと奮闘中。

檀上聖子（だんじょう　せいこ）

出版社勤務等を経て、2004年に出版企画工房「本作り空sola」を立ち上げる。次世代につながる仕事、記録する仕事をしていきたい、と思っている。

「バムとめざそう　計画名人」

◆取材協力（五十音順、敬称略）
秋山恵子　阿部千鶴　市川仁視　内田桜　木内弘子　久野典恵　河野直美　手塚奈生子　中尾しょうこ　成瀬和子　林弓恵　広瀬悦子　三沢彩夏　山口弥生　横山魁度　吉井駿一

◆編集・制作：本作り空sola
中浜小織（装丁）
伊藤美保・河尻理華・檀上聖子（編集）
檀上啓治（制作）

キッズ生活探検《せいかつたんけん》　おはなしシリーズ
めざしてみよう　計画《けいかく》の名人《めいじん》
2011年4月25日　初版第1刷発行

作　斉藤洋とキッズ生活探検団
絵　森田みちよ
発行者　小原芳明
発行所　玉川大学出版部
〒194-8610　東京都町田市玉川学園6-1-1
TEL 042-739-8935　FAX 042-739-8940
http://www.tamagawa.jp/introduction/press/
振替:00180-7-26665
編集　森 貴志

印刷・製本　大日本印刷株式会社

乱丁・落丁本はお取り替えいたします。

Printed in Japan
ISBN978-4-472-05912-4 C8037 / NDC159